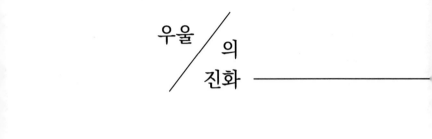

우울 / 의 진화 ────────────

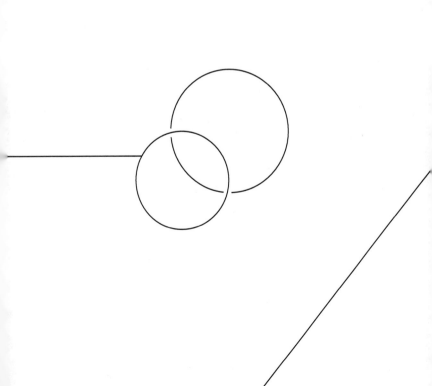

우울의 진화

발 행 | 2022년 07월 27일

저 자 | 송혜원

펴낸이 | 한건희

펴낸곳 | 주식회사 부크크

출판사등록 | 2014.07.15.(제2014-16호)

주 소 | 서울특별시 금천구 가산디지털1로 119 SK트윈타워 A동 305호

전 화 | 1670-8316

이메일 | info@bookk.co.kr

ISBN | 979-11-372-9018-1

www.bookk.co.kr

우울의 진화

송혜원

희소 2022

어떤 눈물은 너무 무거워서

엎드려 울 수밖에 없다.

- 신철규

우린 아마

기억하지 않아도 늘 생각나는 사람이 될 거야

그때마다 난 니가 힘들지 않았으면 좋겠고

내가 이렇게 웃고 있었으면 좋겠어

- 원태연

시인의 말

우울이란
다가가면 멀어지고, 물러나면 다가오는
그런 변덕스러움을 견뎌내는 일입니다

흰 종이 앞에서 머뭇거렸던 시간을
아끼고 모아서 적었습니다

내가 정말 사랑하고 미워하는 사람들에게
잘 지내자, 우리

2022년 5월
희소, 송혜원

우울의 진화

차례

시인의 말

1부 그리운 것들은 슬프다

제1부

그리운 것들은 슬프다

변화

지금 이 순간에도
너와 나는 변하는데
우리는 왜
변치 않는 것들을 원했을까
변하지 않는 것은
지나간 것들 밖에 없다는 것을
우리는 왜
변했다고 믿었을까

너의 조용하던 심장 소리가
몸이 떨릴 정도로 쿵쾅거린다
한 번 자전을 행했던 지구도
똑같은 자전을 하지 않는다
변하지 않는 것은 지나갔던
우리의 죽어버린 기억들

후회

난 언제나 그래

잃고 나서야

너를 제일 사랑했다는 생각이 들어

언젠간 꼭 한 번씩

너를 잃어야 할 것 같아

그래야 내가

너를 사랑하고 있다는 걸 알 테니까

하지만 널 잃는 건

내겐 너무 힘든 일이야

그러니까 미리 말해줄래?

그럼 널 조금 덜 잃을 것 같아

도마뱀

간밤엔 네가 꿈속에 나타났어
나는 울고 있었는데
너는 네 손가락을 하나씩 자르며 말했지

도마뱀처럼 손가락이 다시 자라면 또 만나자

나는 잠에서 깨어나
멀쩡한 손가락을 바라봤어

사지(四肢)

우리는 어쩌다
사지를 잃었을까

검은 하늘을 바라보다가
깔깔깔 웃었다

아무것도 보이지 않고
아무것도 느껴지지 않았으므로
우리는 아직 버티고 있는 것이다

낯설음의 세계

낯설음은 싫다.

나의 세계가 아닌 다른 세계가 있다는 것을

자각하게 될 때

밀려오는 낯설음은 나의 자각으로 하여금

나의 세계를 변형 시키거나 산산조각 내기도 한다

나는 그것을 버틸 수 없다

용납할 수 없다

그럼에도 불구하고 나의 세계는

어떤 날엔 멋대로 무너지고 만다

무의미

차라리 그때 알았더라면
시작과 끝에 생겨난 바다에서
빠져 가라앉지 않을 수 있었을까
햇빛으로 다 말라 없어진
가뭄 심한 땅을 밟고 일어설 수 있었을까
한층 더 올려진 손톱 위로
네가 갉아먹은 부스러기들이 떨어졌다
모든 것이 무너지던 날에는
바다도 땅도 손톱도 부스러기들도
아무 소용이 없었다

변화2

변하지 않는 것은 없다는 그 말만
영원히 변하지 않을 것 같아서
나는 그만 서글퍼졌다

손을 뻗어 네 손을 잡았는데,
너는 온데간데없고
잡았다고 생각했던 네 손은
뼛가루가 되어 바람에 날아가는데

네 뼛가루를 잡으려 발버둥 쳐도
내가 잡았던 너의 손이 온전히 돌아올 리는 없고
나는 영원히 변하지 않을 그 말을 되새기며
날아가는 너의 뼛가루만 한없이 바라본다

그리운 것들은 슬프다

그리운 것들은 슬프다
추억이 되어버린 시간들은
기억 속에서 잊혀졌다가,
존재했다가

너를 그리는 일은
추억이 된 기억 속을
헤집어 놓는 일이다
그러다가 발견한
네가 없는 나의 존재

애_도 (愛_刀)

추모의 눈물 속에
진심은 어디 있을까

그 많던 강물들은
다 불어나 말라가고
길 걷던 어린아이가
불어난 강물에 휩쓸려
사라졌네
사라졌네

불어난 강물도
말라가던 강물도
길 걷던 어린아이도

오늘도 한 명이 사라졌네

상실

나는 나를
가끔 잃어버릴 때가 있어
잃어버린 나를 찾다가
너무 멀리까지 왔나 봐

여기가 어딘지 잘 모르겠어
끝은 보이지가 않고
나 혼자 여기서 비틀대고 있어
너는 어디 있어?

너를 부르려 소리를 치는데
내 귓가에 내 목소리가 들리지 않아
분명 목소리는 나오는데
내 목소리를 들을 수가 없어

들을 수 있는 소리는
지구가 영원할 것 같은
자전의 소리
영원하지 않을 것 같은
내 심장의 소리

그 쿵쿵거리는 소리 속에서
나는 내 목소리도 없이
이제 어디로 가야 하는 걸까

새벽의 사람들

거리를 밝히던 건물의 불빛이 사라지고
신호등마저 검게 물들면
새벽의 사람들은 거리로 나온다

사람들이 모두 떠나가
먼지만이 영원히 쌓일 것 같았던 텅 빈 거리는
다시 새벽의 사람들의 발걸음으로
일렁이는 먼지를 불어낸다

거리는 북적이지만
소리는 죽은 듯 아무런 소리가 들리지 않는다
발걸음 소리조차 우주에서 내딛는 달의 표면처럼
파동 없이 허공에 흩어진다

새벽의 사람들이 낼 수 있는 소리란

광대뼈를 지나 뺨으로 흐르는

눈물의 소리

울음을 참으려 애를 쓰는

붉어진 숨의 소리

새벽의 사람들은 그렇게

각자의 우울을 참기 위해

지독한 새벽을 기다린다

제2부
고통이 악이 아니라면

사막

엄마는 언제부터인가
울음을 멈추었다
아무리 슬픈 일이 있어도
엄마는 눈물을 보이지 않았다

나는 엄마를 사막이라고 불렀다

엄마는 종종
오아시스를 찾는 것 같았다

깊은 밤

흑연 같은 밤에
끝이 없다는 것은
너무 슬프다
헤어 나올 수 없는 것은
너무 슬프다
나는 너에게
깊은 사람은 아니었으면 좋겠다

영원의 순간

순간순간은 언제나 마지막이 된다
영원한 것은 없고
지금 너와 함께 발을 맞추며 걷는
이 시간도
순간이 되어 기억 속에서
사라졌다가, 영원이 되었다가
영원이 되어버린 순간은
이렇게 곱씹듯 글을 적어 내려가야
기억할 수 있다
백지 위에서 너의 이름을 적는다
너의 이름은 영원이 되어버리려나

위로가 아닌 위로

하루를 버티지 않고 살아내고 싶어
힘들게 버텨내면서 살아가고 싶지 않아

살아줘서 고맙다는 말은 하지 말아줘
살고 싶지 않은 내 속마음이
들킬 것 같아서 무서워

울고 싶지 않아
울어도 된다고 하지 말아줘
울어도 된다는 말이 나오지 않는
그런 날들을 살고 싶어

고통이 악이 아니라면

나의 고통이 악이 아니라면
나는 이 고통을 좀 더 사랑할 수 있을까
이 고통을 안고 살아 낼 수 있을까
수많은 고통 속에 홀로 있는 나를
나는 드디어 안아 줄 수 있을까
내가 너를 안을 수 있을 때까지
고통스러워야 한다면
나는 그 고통을 사랑할 수 있을까
무뎌지길 바라는 이 마음에서
도망칠 수 있을까

피서

모든 걸 내려놓고 싶을 때
그 사람은 항상 하나를 남겨두었다
그 하나를 소중히 남겨두고
하늘 아래로 뛰어내렸다

이따금씩 그 사람이 돌아왔는데
그 사람은 항상 남겨두었던
그 하나를 소중히 부숴버리고
다른 무언가를 남겨두었다.

그 사람의 세계는 그렇게 다시 창조되고 무너졌다.

피서2

차례대로 자신의 것을
없애버리는 사람이
죽음을 맞이했다
그 사람들은
자신의 것을
하나씩 하나씩 없애갔다
먼저 없앤 사람들이
먼저 죽음을 맞이했다
끝까지 놓지 않는 사람만이
끝나지 않을
고통의 삶을
살아갈 수 있다

나는 오늘도 내 것을
다 없애버리고 하나만 남겨두었다

이별

떠나간 아이들은
다들 어디로 갔을까
남겨진 사람들은
구슬프게 운다
눈물을 흘리는 것 외에는
방법이 없다
아무것도 할 수 없지만
할 수 있는 최선을 다했던
지나간 모든 시간 속에서
바램 없이 바라보던
눈동자들
떠나간 아이들은
어디로 가는 걸까

상처 있는 사람들

상처 있는 사람들은
말을 잘 하지 않는다
꺼내놓고 보면
아프니까

우리는 언제부터 말을 잃었나

두 눈을 바라보며 깨지 않았던
서로의 침묵 속에 들려왔던 것은

죽어가는 심장 소리
버거운 숨의 소리
하늘을 향해 뻗는
손길의 소리
눈물의 소리

제3부
지구가 잠기지 않는 이유

소복*

다 담아내고 싶은 마음은 사실

거짓말이었어

돌아갈 수 없다는 게

사실이라는 건 너무 슬프잖아

사랑하는 너에게

아무 말도 전하지 못하게 되어서

미안해

* 함께 지냈던 시간보다 떨어져 있던 시간이 더 많았던
  소복에게

이어지는 나날들

어떤 날엔
눈이 너무 많이 내렸어

손이 다 얼어서
바닥에 떨어졌는데
네가 날 뜨거운 물에 던졌어

얼어붙은 내 몸은 녹아내리는데
내 손은 차가운 바닥 위에
손가락을 하늘로 향하고
서 있더라구

저 손가락은 네가 죽어도
너의 생을 이어가겠지

너는 녹아내리는 날 바라보며

웃으며 말했어

그리고 너는

나와 함께 뜨거운 물 속으로

뛰어들었어

도마뱀2

꿈을 꿨는데

내 손가락 끝에서

불이 났어

나는 놀라서 놀라서

가만히 지켜보았지

세상은 온통 암흑이라

내 손가락만 예쁘게 빛이 났는데

내 머리 위에서 네가

물줄기를 흘렸어

예쁘게 빛나던 내 손가락은

암흑으로 암흑으로

사라져가는데

너는 그런 날 보며

히죽 히죽

웃어댔지

너의 상냥함

수화기 너머로 나에게
울어?
하고 물으면
내가 어떻게 안 울 수 있겠어
너의 상냥함이 싫어
가까스로 버티고 있던
내 마지막들이
너의 상냥함으로 무너질 때
너는
버티려고 노력하는 나를
버티고 싶지 않게 만들어버려
속절없이 네게 떨어지면
너는 사라져 버릴 거잖아

지구가 잠기지 않는 이유

새벽 밤에 흘리는 눈물들은
다들 어디로 가는 걸까

그 많은 눈물을 모으면
지구는 잠기겠지

지구가 버틸 수 있었던 이유는
새벽 밤에 눈물을 흘리는 사람들이
아무도 모르게 조용히 울고 있기 때문이야

그러니까 오늘도 눈물을 흘리자
아무도 모르게 조용히

그 눈물들을 모아 우주로 흘려보내자
우주는 넓으니까

이렇게 많이 울어도 괜찮을 거야
그러니까 오늘도 눈물을 흘리자
아무도 모르게 조용히

그 날 밤

네가 내 시를 좋아한다는 말을 들었어
나는 세상이 무너져 내리는 줄 알았지
눈물이 너무 흘러서 앞이 보이지 않아
내 아픔을 좋아하는
네 얼굴이 보이지 않아
눈물을 닦았는데
온 세상이 깜깜해
그 날 밤엔
나는 다시 길을 잃고
너는 내 시를 좋아했지

유언

네 말이 내 마음에 가서 유언이 된다
내 말이 네 마음에 와서 유언이 된다
우리는 서로의 마음에 유언을 새긴다

서로의 마음에 상처를 남기고
상처는 시간이 지나 아물고
서로의 마음에 유언을 남긴다

밤하늘에 별이 많아질 때면
유언의 밤은 깊어져 간다
나는 오늘도 너에게
깊은 유언을 남긴다

도망 갈 수 있을까

너는
다시 깨지 않았으면 좋았을
나의 잠을 깨우며 말했어

도망가자

나는 아침이 오면 어김없이 일어나
오늘도 살았구나 하고
많은 일을 해내야 해

천천히 가도 늦지 않을 길을
나도 모르는 불안감으로
숨이 찰 때까지 걷기도 하고

아직 하지 않아도 될 일을

하지 않으면 멈춰버릴 것 같아서

밤을 새워서 하기도 해

도망갈 수 있을까

네가

영원히 깨지 않았으면 하는

내 잠에서

날 깨워서 말해줬다면

너와 함께 도망갈 수도 있었을 텐데

제4부
지쳐 잠들지 않던 날

너희들의 눈동자

나도 날 사랑할 수 있으면 좋겠어

너에게 있어

나도 내가 좋은 사람이면 좋겠어

나를 소중한 사람이라고 바라봐 주는

그 눈동자들이 부러워

그런 눈동자 하나하나가

정말 너무 사랑스러워서

그대로 잊어 줬으면 좋겠어

내가 날 사랑하지 못해서

나는 오늘도 너의 눈을 피해

죽음을 꾸역꾸역 삼키고 있어

이제 잠에 들 시간이야

깨우지 말아줘

여전히 사랑한다는 눈동자로

바라보고만 있어 줘

너와 나

너는 내가 좋은 사람인데
내 곁에 좋은 사람이 없다고
그래서 그런 사람이 더 많았으면 좋겠대
나는 그 말이 너무 아팠어
나는 좋은 사람이 아니고
내 곁엔 좋은 사람들뿐인데

아니라고 말하기엔
네가 너무 좋은 사람이라
말이 나오지 않았어
그래서 고개만 끄덕였지
그때 우리는
나쁜 사람은 나였고
좋은 사람은 너였어

잘 지내

난 네가 그렇게 말해주면
가슴 한 켠이 아려와
잘 지내지 못하는 내 마음이
들켜 버릴까 봐

그렇게 숨겨놓았던 마음인데
너는 참 짓궂게 알아차려서는
잘 지냈으면 좋겠다고
작은 부탁을 나에게 해

나는 또 네가 행복했으면 좋겠어서
잘 지내보려고 해
너의 말로 살아보려는 나를
너는 어떻게 생각하려나
잘 지내

지쳐 잠들지 않던 날

어떤 날에 난
정말 슬퍼서
펑펑 울다가
지쳐서 잠에 들어

또 어떤 날에 난
정말 사라지고 싶어서
펑펑 울다가
지쳐서 잠에 들어

오늘도
그 어떤 날처럼
펑펑 울었어

지치진 않았어

지치기 전에

다시 돌아왔거든

이제 나

혼자서도

잘 돌아올 수 있을 것 같아

사랑해

네가 날 사랑해줘서

정말 고마워

머물렀던 자리

이제야 와서 난

내가 그렇게나 슬퍼했던 장소에 왔어

그때의 슬픔은 모두

이곳을 거쳐 가면서 사라졌지

그런 밤들이 지나고

눈물은 말라가고

지금에 와서 난

폭풍이 오기 전의 장소에 앉아

그때의 나를 바라보고 있어

그림자 같이 지나온 옛날의 내가

옆에 앉아

날 바라보고 있는 것 같아

입맞춤

입 안쪽이 멍이 든 것같이 아파
몸은 이렇게 아픈 곳을 잘 아는데
여긴 어디가 멍이 들었는지 몰라서
아픈 걸 삼키기만 해
사람들도 다 이렇게 살아내는 걸까

심장이 번개에 맞은 것 같아
내게 입을 맞춰줘
숨을 내뱉지 못하는 나의 입속으로
네 숨을 불어내어 줘
더 이상 들어갈 숨이 없을 때까지
내 입속으로 너의 숨을 뱉어줘

너의 위로

그래, 결국
나를 위로할 수 있는 사람은
나뿐이야
결국 나는
한사람분의 위로밖에
해 줄 수 없어

정작 위로가 필요한 나였는데
나는 널 너무 사랑해서
나에게 해 줄 위로까지
너에게 다 해줬나 봐

그러니까
그냥 그런 밤에
날씨가 조금 흐렸던

그냥 그런 밤에

해가 잘 뜨지 않았던

그냥 그런 날 밤에

내가 생각난다면

내가 너에게 해줬던 위로처럼

나를 좀 위로해 줄래?

나는 가끔

네 입에서 나오는 그런 위로가

듣고 싶어

나비*

너를 찾아 헤매는 중이야

네가 누군지도 모르는데

나는 너를 찾기 위해

무수한 새벽 밤을 보내는 중이야

너는 오늘 나를 어디로 데려갈 거야?

시간이 오래 걸릴 거라는 거 알아

내겐 아마 시간이 부족할 수도 있겠지

너에게로 가는 길은 내 두려움이야

발걸음이 느려서 너를 놓칠 것 같아

어딘지도 모르는 곳을 헤매고 있어

너는 나를 어디로 데려갈 거야?

*umi - butterfly의 제목을 빌려옴

다음 생에도

너는 다음 생엔 나로 태어나서

나를 더 사랑 할거래

지금의 내가 나를 사랑하지 못한 만큼

너는 나를 더 사랑 할거래

그럼 나는 누굴 사랑해? 라고

나는 너에게 물었지

너는 내 손을 잡으며 말했어

너는 내가 너로 태어나서 널 아주 많이 사랑하면

그래서 네 사랑이 필요 없어질 만큼 사랑하면

그때 가서 날 사랑해 달라고

하지만 그 때가 되면 넌

날 사랑해주지 않을 거잖아

전가(轉嫁)

그래, 사실 남아있고 싶었던 건 네가 아니라 나였지

나는 그걸 네 인생에 집어넣어서 없어지지도 않을

그 알량한 마음을 없애보려고 했던 거야

멍청이같이

그런데 너는 어디 갔는지 아무 곳에도 없고

나 혼자 여기 덩그러니 혼자 남아서

그렇게나 마주하기 싫었던 공허함을 다 끌어안고 있다.

너는 내가 떠넘긴 것들 때문에 증발한 건지,

온데간데없는데 말이야

제5부
모르는 사람들이 하는 말

사별의 시간

시간은 이제 얼마 남지 않았는데

나는 흘러가는 시간에 발을 구르다가

멈춰버린 당신의 순간의 시간을 지나칠까 봐

그게 제일 무서워

아무도 기다려주질 않아

슬퍼하는 시간도

지금 마지막을 살아가는

당신조차도 말이야

결국 멈춰버릴 시간들인데

우리는 영원을 살 것처럼 살아왔나 봐

영원이었다고 착각했었던

그 모든 시간들 속에서

당신은 언제나

나에게 좋은 사람이었어

목소리

실감 나는 것 같으면서도

아무렇지 않을 때가 있어서

어떻게 해야 할지 잘 모르겠어

이제 날 그 사랑스러운 목소리로 불러 줄

할머니의 목소리를

나는 들을 수가 없네

할머니 마음을 잘 몰라줘서

미안해

나는 또 잃은 슬픔에

엄청 많이 울고, 밤을 지새우는 날이 오겠지?

그래도 할머니가 살았던

나에게 들려줬던 그 이야기처럼

살아볼게

사랑해줘서 고마워

무사히 할머니 나이가 되어서

나도 그렇게 사랑할게

그 때 다시 날 사랑하는 목소리로

날 공주라고 불러줘

당신의 흔적

짐을 정리하다가 발견한

그렇게 예쁘지도 않은

그렇게도 예쁜 마음으로 쓴

당신의 글씨를 보자마자

나는 눈물을 흘렸어요

이제 손을 잡을 수도

함께 곁에서 웃어줄 수도 없는

당신이 남기고 간

나를 위한 글씨

사랑한다고 한마디 더 하고 싶었다는

그런 후회는 이제 접어두기로 했어요

단지 당신이 나에게 줬던

끝나지 않을 것 같았던

그 마음만은 기억할 수 있도록

당신이 불러 주었던 그 이름처럼

어여쁘게 살다가

당신을 만나러 갈 수 있기를

겨울이 다가와

이제야 제대로 당신을 보낼 수 있는

그런 예쁜 날이네요

계절의 해마다

세상 모든 것들은
결국 끝이 난다
나의 끝은 언제나
하얀 눈이 내린다
모든 것이 보였던
맑았던 날들은
하얀 눈으로 가려져
알 수 없는 것들이 된다
나의 끝은 그렇게
조용하고 서서히
알아볼 수 없는 것들이 된다
그리고 하얀 눈이 녹으면
알아볼 수 없던 것들을
나는 똑바로 마주 보게 된다

기회

그래, 당신이 뭘 하든
나는 계속 기다릴게
기다리다가 지치면 그냥 떠날게
언제까지 기다려야 하냐며 재촉도 하지 않고
기다리면서 마음 아파하지도 않을 거야
그러다가 내가 지치면, 미련 없이 떠날게
그때 서야 당신이 내 손을 잡으려
손을 내게 내밀어도
기다렸던 내 시간이 헛되이 되지 않도록
뒤도 돌아보지 않고 떠날게
그게 내가 당신에게 주는 마지막 사랑이자
하지 않았으면 좋겠을 작별 인사기도 해

모르는 사람들이 하는 말

손끝으로 써 내려지는

이야기엔 힘이 없다

단어 하나하나를 뜯어서 살펴봐도

모르는 손가락들이 지껄이는 이야기엔

아무런 힘이 없다

손가락을 모두 잘라 내야

힘이 없는 이야기들은 힘을 찾을까

손가락이 잘린 이들은

이야기를 쓸 수 없을 것이다

그렇게나 사랑하는 너에게

멀쩡히 남은 손가락은 몇 개일까

어느 날 갑자기
네가 울면서 찾아와 내게
잘린 손가락을 보여주면

나는 아마
너에게 남아있는 손가락을
잘라버릴 거야

개미의 진화

우주는 아무런 상관이 없다

걸어가는 개미를

아무 생각 없이 짓밟는 신발처럼

우주는 아무런 것도 들어주지 않는다

그럼에도 개미가 죽지 않고

신발 밑을 기어가

몸이 짓눌려도 팔이 떨어져도

기어코 나와서 다시 길을 걸어가는 까닭은

개미 자신이 봐도

지겨우니까

쪽팔리니까

그래서 개미는 죽지 않고 걸어간다

그리고 언젠가

개미는 진화해서

인간이 된다

개미는 당신이 죽이지 못했던

마지막 인간이다

기억

언젠가 였나

날씨가 참 맑던 날이었어

나무 의자에 앉아서 우린

서로 이런저런 얘기를 했지

그러다가 너는 돌 하나를 주워서

선물이라며 내 손에 쥐여 줬어

너의 귀찮다는 듯한 말투도

그 말투를 듣고 눈치를 보았던 내 모습도

나는 왜인지 선명하게 기억이 나

나를 기억해줘

내가 그 찰나의 순간 속 너를 기억하는 것처럼

너는 지금 이 찰나의 순간 속 나를 기억해줘

바람

바람이 불어와

손가락 사이를

스쳐 지나가면

마치 깍지를 끼며

내 손을 잡아주는 것 같은

그런 느낌이 들어

몹시 추운 바람이 불어와도

그 바람만큼은 따뜻해서

나는 또 네가 생각나

네가 안아주던 온기는 차가웠는데

네가 잡아주던 손은 따뜻했거든

그래, 나는 지나가는 모든 것에서

기억 속에 멈춰있는

너를 생각하고 있던 거야

제6부
물에 젖은 솜사탕

네가 나를 어떻게 생각하는지

네가 나를 어떻게 생각하는지

나는 몰라도 돼

그건 오로지 너의 몫이고

나는 그냥 기다리면 되는 거야

그러다가 궁금해지면

네게 용기 내어 물어볼게

그러다가 네가 좋아지면

내가 널 좋아한다는 걸

꼭 말해 줄 거야

그러니까 나는 괜찮아

기다렸다가 힘들면 말해줄게

네가 알아들을 수 있는 말들로

네 귀에 속삭여 줄게

오후

오후 가을 햇살
아빠의 크고 따뜻한 손이
내 정수리에 포개어지듯 올려지고
쓰다듬던 그 손길은
불어오던 바람이 내 머리카락을 스쳐서
유연하게 지나가는 것 같아
배가 따뜻해질 듯 합니다.

타이밍

사실은 아직 보듬고 있는 마음이
말썽을 부려서
힘들어하고 있었어

그런데
그렇게 힘들어하고 있던 와중에
너에게서 전화가 왔어
네가 전화를 해줬어

이렇게 늦은 밤에 말이야

내가 널 사랑하지 않을 수 없게,
그래서 내가 널 많이 사랑해

물에 젖은 솜사탕

너는 내가 물에 젖은 솜사탕 같대
금방이라도 날아갈 것 같은데
눈물로 차오른 웅덩이에 녹아서
사라지고 있는 것 같다고
그 찰나의 시간이라도 살아내는 것 같다고

시간이 아주 오래 지나면
젖은 물기도 말라가겠지
물론 처음과 같진 않을 거야
어딘가 사라져버린 몸이겠지만
그래도 너는 그런 내 모습이 좋대

내가 사랑하는

해가

노을이 지는 것처럼 찬란하게 타오르고

바람이 불어와 나뭇잎 사이를 스치고 지나갈 때

반짝이는 햇빛은

낮에 뜨는 별 같아

바람에 스치는 나뭇잎 소리는

지금 눈앞에 존재하지 않는 파도가 되고

별이 되었다가 떨어진 낙엽을 밟으면

좋아하는 책장을 넘기는 소리가 들려

그런 길을 혼자 걷고 있으면

멀리 떨어져 보이지 않는 너는 내 옆에,

내 손을 잡아줘

어딜 가든 떠 있는 별처럼

너는 내 손을 잡아줘

우울의 진화

도망치는 것밖에 몰랐던 곳에서
여전히 남아있어 줘서 고마워

조금 더 늙을 수 있을 것 같아
네가 나에게 들려준 노래처럼
무사히 할머니가 될 수 있을 것 같아

가끔 정말 죽고 싶어서
다시 그 바다 앞에 간다고 해도
너무 멀리 나가진 않을게

너를 정말 사랑하는 내가
너를 더 오래 사랑할 수 있도록

잘 지내자 우리

변화 3

너를 바라보며 생각했던
너에 대한 존재가
하루가 지났는데
갑작스럽게 바뀌었어

너는 바뀐 게 없는데
나에게 너는 분명 변했어
너의 목소리가 변했고
너의 모습이 다른 사람처럼 변했어

그런 네가 낯설어서 떠났던 나는
이렇게나 시간이 많이 지나서야 알게 되었지
그때 바뀐 건 온전한 너의 존재가 아니라
불완전한 내가 변했기 때문이라는 걸

나의 위로

잘 지내냐는 물음은
정말 좋은 말이라고 생각해
항상 행복했으면 좋겠다는 말은
이뤄질 수 없는 말이니까

그 힘든 일이 있었음에도 너는
잘 지내주었으면 해
너의 행복을 위해 너는
잘 지내주었으면 해

당연한 것들을 얻기 위해서
당연한 것들을 포기해야 하는
이 모진 세상에서
오늘도, 내일도, 앞으로도
잘 지내자 우린

창조

검은 머리카락이
그림자처럼 보일 때가 있다
두려워서 하악질 하는
길고양이의 모습이
울고 있는 것처럼 보일 때가 있다
어느 날
지독하게 보았던
그런 존재들의
변하지 않는 똑같은 모습을 보고
전혀 생각하지 못했던 새로운 것을 느끼는 것은
내가 그 존재를 내 속에서
새롭게 창조한 것이다
그림자 속에서 보이는 빗줄기 같은 눈동자를
금방이라도 발톱을 드러내어
내 살을 찢어버릴 것 같은 모습을

나의 글

거창한 비유도 없이, 그 어려운 단어 하나도 없이
어린아이들도 읽을 수 있을 것 같은 문장처럼
아무것도 꾸미지 않은 글이 표현하는 호소력이란
얼마나 아름다운가
나의 글은 모든 사람이
이해하려 하지 않아도
한 번 읽어도 이해되는 글이어야,
그럼에도 두세 번 곱씹어 다시 읽고 싶어 하는
어떤 날에 꼭 생각이 나서 읽어야만 하는
그런 글이고 싶다

2022. 07_ 고마운 사람에게 고마운 선물.

| 또 하나의 존재를 위하여

시는 모른다
계절 너머에서 준비 중인
폭풍의 위험 수치 생성값을
모르니까 쓴다
아는 것을 쓰는 것은
시가 아니므로
- 김소연 「모른다」 중

　우울은 관성이 있는 것인지 밀어내도 언제나 다시 제자리를 찾아 돌아왔습니다. 어떤 때는 변덕스러워 다가가면 멀어지고, 멀어지면 다가오는 존재가 되기도 합니다. 신기한 일이지만, 우울증을 오래 앓다 보면 언제부터 내가 이렇게 우울했는지 그 이유를 찾지 못하는 순간이 찾아옵니다. 아주 사소한 기억들이 하나씩 모여있는데, 그 기억들은 블랙홀처럼 기억나지 않고, 뿌연 안개가 낀 것 같이 답답할 때가 있습니다. 우울증을 장기간 겪게 되면 뇌에서 나오는 어떤 호르몬 때문에 기억력에 문제가 발생한다는 글을 어디선가 본 적이 있습니다. 그래서 예전의 기억이 잘 생각나지 않는 걸지도 모르겠다고 혼자서 정당성을 부

여하고 안심했던 기억이 있습니다. 다른 사람들은 잘만 기억하는 추억들을 나만 기억하지 못한다면 마치 내가 잘못된 인간이 된 것 같아서 그런 죄책감을 덜어내고자 우울에 관한 글을 많이 찾아보았습니다.

그렇게 우울이라는 정의에 대해서는 알아가고 있음에도 나 자신이 지금 우울증에 걸렸다는 사실은 계속 부정하고 인정하지 못했습니다. 주변 사람들은 모두 제가 우울증이 아닐 것이라고 했고, 저 또한 그 사람들을 사랑하고 있었기 때문에 그 사람들을 믿고 싶었던 것이겠죠.

넌 우울증에 걸린 게 아니라고, 넌 강한 사람이라고 말해주는 사람이 있었습니다. 저는 그 사람을 존경했고, 그렇게 말해주는 그 사람이 좋았습니다. 그래서 이유 모를 무기력함과 우울감이 몰려올 때 '난 이런 사람이 아닌데'라는 생각을 했습니다. 하지만, 나아지긴커녕 우울은 항상 그림자처럼 제 뒤를 따라오고 있었습니다. 그 사람은 절 강한 아이라고 믿어줬는데, 사실은 그게 아니었다는 시선으로 제 자신을 바라보았을 때, 그 사람이 믿는 건 내가 아니라 우리가 바라는 '나'라는 것을 깨달았습니다. 그 사람이 말해준 그 말이 어떤 의미인지 지금은 알고 있습니다.

그렇지만, 그 당시엔 그 말이 저에겐 큰 힘이 되진 못했습니다. 우울증에 걸린 사람에게 넌 우울증이 아니야, 넌 강한 아이야 하고 말해주는 것은 지금 우울증에 걸린 사람 자체를 부정하게 되는 말이 됩니다. 그래서 그땐 그 말이 너무나 좋았으면서도 무척이나 슬펐던 것 같습니다.

우울이 심해지는 날이면 가끔 제 몸이 제 몸 같지 않은 기분이 듭니다. 세상이 정말 멈춘 것 같고, 그래서 그 순간 숨을 쉬고 있는 제가 굉장히 이질적으로 느껴집니다. 그런 이질적인 상태로 삶을 살아오면 모든 것에 미련이 없어지는 것 같습니다. 친구들과 함께 웃고 떠드는 순간에도 미련 없이 사라지고 싶고, 같이 밥을 먹고 즐겁게 지내는 모든 순간은 소중하지만, 얼른 사라지고 싶다는 생각을 했습니다. 시간이 멈춘 것 같아서 걷던 다리를 멈추면, 시간은 이미 저 멀리까지 도망가 버립니다. 그런 의미 없는 날들이라고 생각한 하루들이 지나갔습니다. 그럴 때면 걷고 있는 다리를 없애버리고 싶기도 하고, 다가가면 멀어져 있는 모든 것들이 사라졌으면 좋겠다고 생각하기도 했습니다.

소중한 저의 친구는 그때의 제 모습이 많이 걱정됐다고 했습니다. 정말 사라져버릴 사람 같아서 무서웠다고도 했

107

습니다. 우울한 제 모습을 보이지 않으려고 사람들과 있을 땐 정말 신나게 놀기도 하고, 많이 웃기도 했지만 사실 알게 모르게 가까운 사람들은 제가 위태로웠다는 걸 알아차렸었나 봅니다. 그땐 한창 친구들과 모여서 과제도 많이 하고 같이 새벽까지 수다도 떨 수 있었지만, 전 항상 핸드폰을 하거나, 쉽게 그 상황에 지치고 피곤해졌습니다. 밤이 되면 이런 우울감이 더 심하게 찾아와 울지 않고 버틸 수가 없었습니다. 어쩌면 잘 수 없는 밤을 버텨낼 수가 없어서 잠을 자기 위해 눈물을 흘리다 지쳐 잠이 드는 것일지도 모르겠습니다.

이런 우울감을 어딘가 쏟아내야 할 것 같아서 시를 쓰기 시작했습니다. 그림보다 글이 전하는 호소력이 저에겐 더 크게 다가왔던 것 같습니다. 사실 글을 잘 쓰는 편은 아니라고 생각하지만, 굳이 시집을 내게 된 이유는 저처럼 우울감에 휩싸인 사람들에게 조금이나마 도움이 되었으면 했고, 우울증을 받아들이지 못하는 사람들에게 받아드릴 수 있는 용기를 주고 싶었습니다. 지금은 우울증을 앓고 있는 제 자신을 마주하고 위로하는 삶을 살아가고 있습니다. 삶을 살아 냈던 순간 속에서 이젠 살아가고 있는 순간 순간들을 바라보는 중입니다. 우울로 시작하여 우울로 끝나는 그런 인생이겠지만, 우울이라는 것은 언제든지 찾아오고, 또 어떤 날엔 굉장히 우울한 하루를 살아 낼지도 모른다는 것을 이젠 알고 있습니다. 그리고 그런 하루는 부정해도 소용 없겠죠. 저는 떼려야 뗄 수 없는 우울과 함께 삶을 살아갈 것이고, 그렇게 받아들인 우울을 짧은 글로 적어 이렇게 세상에 넌지시 건네봅니다. 삶 자체를 부정하는 이야기로 시작해서 마주보기까지의 모든 과정을 여러분께 소개합니다.

 흰 종이 앞에서 머뭇거렸던 제게 바치는 시집이자, 지금 이 순간 가장 최선의 선택을 하며 살아가고 있을 당신을 위해 씁니다. 가끔 생각날 때 꺼내 볼 수 있는 그런 시집이 되었으면 좋겠습니다. 감사합니다.

또 하나의 존재를 위하여
—— 마침.